W9-CUK-685

GALOCHE

UNE VRAIE ANNÉE DE CHIEN

Données avant publication de la Bibliothèque nationale du Canada

Brochu, Yvon

    Galoche – une vraie année de chien
    (Galoche; 3)
    Pour les jeunes de 8 à 12 ans.
    ISBN 2-89591-003-0

I. Titre. II. Collection: Brochu, Yvon. Galoche.

PS8553.R6G36 2004   Cj843'.54   C2004-940131-9
PS9553.R6G36 2004

Dépôts légaux: 1er trimestre 2004
Bibliothèque nationale du Québec
Bibliothèque nationale du Canada
ISBN 2-89591-003-0

Révision et correction: Martine Latulippe

Éditions FouLire
4339, rue des Bécassines
Charlesbourg (Québec) G1G 1V5
CANADA
Téléphone: (418) 628-4029
Sans frais depuis l'Amérique du Nord: 1 877 628-4029
Télécopieur: (418) 628-4801
info@foulire.com

Les Éditions MultiMondes et leur division, les Éditions FouLire, reconnaissent l'aide financière du gouvernement du Canada par l'entremise du Programme d'aide au développement de l'industrie de l'édition (PADIÉ) pour leurs activités d'édition. Elles remercient la Société de développement des entreprises culturelles du Québec (SODEC) pour son aide à l'édition et à la promotion.

Gouvernement du Québec – Programme de crédit d'impôt pour l'édition de livres – gestion SODEC.

Nous remercions le Conseil des Arts du Canada de l'aide accordée à notre programme de publication.

GALOCHE

UNE VRAIE ANNÉE DE CHIEN

YVON BROCHU

Illustrations
David Lemelin

ÉDITIONS
FouLire

*Au fond, j'aime bien les Meloche :
ils me donnent beaucoup de poil à retordre…
mais ils me font aussi tordre de rire !*

*N'oublie pas qu'il me fait toujours plaisir de
t'accueillir dans ma cyber-niche galoche.ca
www.galoche.ca*

La Famille Meloche

ÉLOÏSE
LA GRANDE
DIVA

MARILOU
LA TRISTE
SOUS-MINISTRE

FABIEN
UN BIEN
BON GARS

SÉBASTIEN
MONSIEUR-
JE-SAIS-TOUT

MOI
GALOCHE
SUPERCABOCHE

ÉMILIE
MA DOUCE

UNE VRAIE ANNÉE... DE CHIEN!

Il n'y a pas de mot assez fort pour décrire l'année que je viens de passer, foi de Galoche!

Même les événements traditionnellement heureux de la vie humaine ont pris des allures de véritable cauchemar pour moi: le jour de l'An, la Saint-Valentin, la fête des Pères, la fête nationale, l'Halloween, sans oublier Noël.

Les Meloche sont en grande partie responsables de mes déboires. Cette famille n'a pas d'égal pour mettre un chien sur les crocs: une vraie tornade!

Et, bien sûr, la principale artisane de mes malheurs n'est nulle autre que

Marilou, la mère d'Émilie ; autant ma douce Émilie, qui est venue me libérer de l'animalerie tout petit, est gentille avec moi, autant sa mère est un véritable poison. Émilie, c'est mon amie pour la vie ! Mais juste penser que je vais endurer sa mère toute la vie, j'en ai des frissons du bout de la queue jusqu'au bout de la truffe. Ce qu'elle m'a fait vivre tout au long de l'année dernière tient du grand exploit, foi de Galoche !

Marilou est sous-ministre et, presque chaque jour, le ciel lui tombait sur la tête à son travail. Était-ce une raison pour me tomber dessus à pattes raccourcies dès qu'elle se pointait à la maison ? Misère à poil ! Je n'aurais pas assez de toutes mes griffes pour compter les fois où elle a réussi à me faire sortir de mes coussinets...

Et, comble de l'horreur, elle répétait sans cesse :

– Quelle année... de chien !

Ah! les humains et leurs horribles habitudes! L'une d'elles consiste à donner fréquemment un sens méprisant au mot «chien»: un manque de respect flagrant à l'égard de ma race.

Les Meloche en sont un très bel exemple et me font honte constamment. D'abord, il y a Sébastien, le frère d'Émilie.

– Un vrai chien sale! lance-t-il toujours pour parler d'un jeune qu'il déteste.

Ensuite, Éloïse, l'aînée et grande diva, s'offusque chaque fois qu'elle voit mon Émilie en salopette.

– Tu as l'air de la chienne à Jacques! Tu devrais mieux t'habiller, ma petite sœur!

Même notre gentil voisin, Pierre-Luc, accepte de se prêter à ce vulgaire jeu du langage humain. L'autre jour, je l'ai entendu dire qu'il ne voulait pas jouer à la balle avec Émilie parce qu'il avait... la chienne!

Quel autre coup dur pour mon ego canin!

Et que dire de Marilou! Dès qu'elle abandonne ses discours précieux de sous-ministre, elle se révèle la championne des écarts de langage à notre endroit.

Combien de fois ne l'ai-je pas entendu soupirer, en jouant aux cartes et en regardant celles-ci dans ses mains: «Ah! encore plein de chiens dans mon jeu!» Ou se fâcher contre l'arrivée des bruyantes coéquipières du club de hockey d'Émilie alors que madame la sous-ministre rédigeait un autre de ses fameux rapports: «Dehors, les chiens pas de médaille!» Ou, pire encore, maugréer lors de chaque journée de pluie: «Quel temps de chien!»

Même les meilleurs amis de la race canine se laissent parfois aller à ces vilaines expressions! À preuve: Fabien, le père d'Émilie, que j'aime tant. L'été passé, il n'a pas arrêté de dire qu'il menait une guerre biologique sans merci au... CHIENDENT!

Heureusement, ma douce Émilie est là pour mettre un peu de baume sur cette véritable plaie du langage humain et pour donner un sens très positif au mot chien.

– J'adore ce grand joueur! me souffle-t-elle souvent à l'oreille alors que nous regardons des matchs de hockey à la télévision. Regarde comme il a... du chien!

Quelle grande amie, mon Émilie!

Mais quel «chiendent» dans ma vie que cette Marilou...

Foi de Galoche, ma dernière année a été:

misérable, exécrable, pitoyable, catastrophique, lamentable, minable et désastreuse...

Aussi ai-je décidé, moi, Galoche, d'écrire mes incroyables péripéties pour enfin libérer mon esprit de ces terribles souvenirs : un vrai roman-thérapie ! Je dois t'avouer que, sans ma Douce, sans ses caresses et sa grande complicité, je n'aurais certainement pas survécu à toutes mes mésaventures.

Pour t'en convaincre, revis avec moi chacun des instants les plus difficiles de l'année… Tu ne vas pas t'ennuyer, juré jappé !

Janvier

Dimanche	Lundi	Mardi	Mercredi	Jeudi	Vendredi	Samedi
			1	2	3	4
5	6	7	8	9	10	11

BONNE ET HEUREUSE...
GUEULE DE BOIS!

Au jour de l'An, chez les humains, partout sur la planète on lance le même message: «Paix et sérénité!»

Au jour de l'An, chez les Meloche, partout dans la maison on lance le même message: «*Swingue* la *baquesse* dans l'fond d'la boîte à bois!»

Et là commence ma descente aux enfers...

AÏE! le soulier de l'oncle Fred vient d'atterrir sur une de mes pattes. Ouf! un poids lourd, le *mon oncle*!

– Oh! excuse-moi, Sacoche!

En colère, mon Émilie repousse le gros homme et lui lance:

– Mon chien ne s'appelle pas Saco-che. Son nom, c'est G-A-L-O-C-H-E!

– J'y... j'y voulais pas... de mal à... à ton Totoche!

En titubant, l'oncle retourne vers le groupe et se remet à sauter avec les autres humains. La fête bat son plein, et moi, Galoche, je me bats pour sauver ma peau.

– Assieds-toi dans ce fauteuil, me glisse ma Douce à l'oreille. Tu y seras en sécurité.

Mon regard croise le sien. Ce qui est merveilleux, avec Émilie, c'est qu'elle me comprend toujours. Pas même besoin de parler!

– Ne t'inquiète pas: ma mère est très occupée avec Victoria, sa marraine.

Je saute aussitôt sur le fauteuil et je m'y recroqueville tandis qu'Émilie retourne aider Fabien à servir les invités. Je peux enfin me détendre et observer à mon aise la grande famille melochienne et ses amis.

Chaque fin d'année, c'est pareil: la maison est bondée de monde. Et chaque fois, une partie des fêtards n'arrête plus de tourner, de sauter et de s'enlacer au son d'une musique endiablée, tandis que les autres restent bien assis, criant, riant et avalant sans arrêt leur fameux *p'tit remontant* – une eau quasi miraculeuse qui leur permet de toujours parler plus fort sans jamais perdre la voix...

Seul sur mon fauteuil, un peu désespéré de les voir faire les clowns, j'essaie encore une fois de m'expliquer cette folie subite qui habite les humains en fin de soirée tous les 31 décembre. Pour commencer l'année du bon pied, comme ils disent, sont-ils d'abord obligés de perdre la tête?

Avec les humains, foi de Galoche, j'ai appris que tout est possible!

AÏE! une main tente de m'extraire une touffe de poils sur le ventre. Puis, je vois apparaître deux petits yeux brillants à quelques centimètres de ma truffe; dans le bleu de ceux-ci, je ne décèle aucun message de «paix et sérénité».

– Toutou!

Misère à poil! Qu'est-ce qu'il fait encore debout, ce minihumain? Il n'y a pas pire ennemi pour un chien qu'un humain en miniature. Un bébé, comme disent les «deux pattes». Rien n'arrête ce genre de petit ange tout blond.

– Toutou! Toutou!...

Et pas question de retrousser les babines pour faire peur à un mini-humain: les grands prennent aussitôt le mors aux crocs.

Deux petits doigts tout potelés se dirigent maintenant droit vers mes yeux.

IVG, Galoche, IVG!

Passé maître dans l'art d'improviser vite, je bondis par-dessus le bras du fauteuil.

– Toutou, toutou, toutou…, s'excite le petit monstre en se lançant à mes trousses.

Je n'ai pas d'autre choix que de me faufiler entre toutes ces jambes en mouvement.

Aïïïie! Ooooh! Aaaah! Je saute d'un côté et de l'autre. Un vrai yoyo! Sain et sauf, je me retrouve enfin seul au centre de la tribu dansante. Je m'y arrête un instant, à l'affût du moindre bruit suspect. Je n'entends plus qu'un très lointain: «Tou…tou…» W-ouf!

C'est alors qu'un bruit strident fait trembler la maison; j'en ai l'oreille gauche au garde-à-vous! Dans son micro, Éloïse, l'animatrice de la soirée, hurle:

– Plus que dix secondes avant minuit!

– NEUF! beuglent les invités, soudain immobiles. HUIT! SEPT! SIX!

J'ai la fourrure toute frémissante. À cause du bruit, bien sûr, mais aussi à cause d'une petite voix qui résonne en écho à travers ce brouhaha. Je suis aux aguets.

– CINQ! QUATRE!

– Tou...

– TROIS! DEUX!

– ... tou!

– UN!

– Tou...

– ZÉRO!

– BONNE ANNÉE!

Mes tympans explosent.

Des flûtes crachent des sons abominables. Des serpentins colorés se mêlent aux cheveux des fêtards. Des bruits de pétards me font bondir le cœur. Tout autour de moi, les humains, plus fous que jamais, s'enlacent, s'embrassent, sautent...

Pour éviter d'être piétiné par un de ces humains en délire, je me mets de nouveau à bondir. La tâche est périlleuse. Surtout avec ces dizaines de dangereux petits talons prêts à me transpercer le corps! Sans compter la pluie de confettis qui m'obstrue la vue et même les narines. Pourtant, à force de courage et d'acrobaties, j'avance bond à bond dans la cohue. Puis, soudain, comble de bonheur, je vois s'ouvrir une brèche: le tunnel de la liberté! Mais, au moment précis où je m'y précipite... AÏE!... Deux petits bras bien fermes s'enroulent autour de mon cou.

– Toutooooou! explose de joie le bébé-deux-pattes en resserrant son emprise.

Il va m'étouffer, ce minihumain!

– Toutou! Toutou! Toutou...

Misère à poil! Il ne lâchera jamais prise, celui-là!

– Moi, toutou! Moi, toutou! Moi...

Mais moi, Galoche, je n'ai pas dit mon dernier jappement!

Même si la brèche a déjà commencé à se refermer, je fonce droit devant. Ma manœuvre surprend mon miniagresseur, qui est aussitôt soulevé de terre. Il a toujours les bras noués à mon cou, mais je le sens voler au-dessus de moi. Encouragé, j'accélère. Puis, suivant mon plan, je baisse la tête et freine brusquement.

– Toutouuuu!!!

Je lève les yeux et vois le bébé-avion-deux-pattes flotter dans les airs un bref instant, avant d'aller percuter quelques jambes. Des mains l'agrippent et le soulèvent alors qu'il me jette un méchant regard. À ma grande joie, j'entends des voix lui dire:

– Mais qu'est-ce que tu fais là, toi? Tu voulais fêter la nouvelle année avec nous?!

– Bonne année, mon chou!

– Bonne année, mon petit chéri!

Je m'éloigne en douce tandis que retentissent derrière moi des « Toutou! » désespérés, entrecoupés de plusieurs gros sanglots de rage.

W-ouf! Quelle prise de cou! Il s'en est fallu de peu, foi de Galoche, pour que j'en perde mes cordes *jappales*!

Quelqu'un va-t-il enfin m'ouvrir la porte?

Le trop-plein d'émotions a provoqué le trop-plein de ma vessie. Depuis un bon moment, je fais les quatre cents pas devant la porte d'entrée sans que personne ne fasse attention à moi.

Comble de malheur, Émilie, Fabien, Sébastien et Éloïse participent tous, en ce moment, à un autre jeu humain ridicule, où il faut chanter, crier, hurler. Bref, avoir l'air fou le plus possible, ce pourquoi les humains me semblent très doués...

Quant à Marilou, elle n'a d'attention que pour sa vieille tante Victoria. Elle profite de chaque fête de famille pour se rapprocher de sa riche marraine et de son héritage! C'est Émilie qui me l'a dit. Alors pas question d'aller la déranger dans le boudoir, où elle prend le thé à la *british* avec sa tante aux origines anglaises et bourgeoises: j'hériterais d'une fessée... royale!

Mais qui, dans ce tohu-bohu du jour de l'An, viendra mettre un terme à mon supplice?

– Toutou?

Ah non! Ce n'est pas vrai! Je sens mes pattes ramollir comme de la guenille.

– Où il est, le gros toutou?

Je réalise soudain qu'il ne s'agit pas de la voix du petit monstre, mais bien de celle du gros *mon oncle*. W-ouf! Un peu plus et je pissais de peur sur le tapis.

– Ah! tu es là, Sicroche..., lance Fred en s'approchant de moi.

Éberlué, je vois ce dernier se mettre à quatre pattes. Il a le visage tout rouge, constellé de gouttes de sueur.

– Regarde ce que je t'ai apporté, Ga… Gadoche! marmonne-t-il en se plaçant un objet entre les dents.

Moi, tout ce que je veux, c'est… LA PORTE!

Sans se préoccuper de mes *stépettes*, l'énorme «quatre pattes» allonge le cou et, les dents toujours serrées sur cette étrange chose brune qui sort de sa bouche, baragouine du mieux qu'il peut:

– Prends, prends! C'est mon bis… biscuit préféré! C'est pour toi!

Moi, Galoche, j'ai seulement envie… de le mordre!

Mais, *fin fido* que je suis, je décide de ne pas le contrarier. J'ai besoin de son aide; aussi ivre qu'il puisse être, il finira bien par comprendre. J'avance vite la gueule, prends son drôle de biscuit et commence à le manger.

Ravi, le gros Fred me confie:

– On appelle ça des kiki – Kat! Des biscuits pour… chat!

J'avale de travers.

– Ha, ha, ha!… Ha, ha, ha!

Mes moustaches se raidissent comme des épines prêtes à piquer et des crampes au ventre me font émettre de petits grognements plaintifs. Soudain, contre toute attente, le gros oncle ouvre la porte d'entrée toute grande.

Délivrance! Je bondis dehors. Derrière moi, j'entends Fred jubiler:

– Ahhh! de l'air frais!

Je jubile, moi aussi, la patte levée et le jet aussi puissant qu'une borne-fontaine brisée. Mon imagination dépasse les bornes, je sais, mais c'est vraiment l'impression que j'ai!

Mon bonheur prend toutefois la poudre d'escampette quand j'entends la porte se refermer bruyamment dans mon dos.

Misère à poil! Ça va de plus en plus mal: me voilà seul dehors!

Plusieurs bourrasques de vent plus tard, gelé et l'air encore plus larmoyant qu'un saint-bernard, je lance des yeux suppliants vers mon ami Pierre-Luc, qui descend de la voiture de ses parents.

– Galoche! s'exclame-t-il. Mais que fais-tu ici, en pleine nuit?

J'ai essayé en vain, et par tous les moyens canins possibles, d'attirer l'attention des fêtards pour qu'on me rouvre la porte. À bout de *jappe* et d'énergie, je me suis résolu à me transformer en chien-glaçon. Mais j'ai repris espoir en entendant le moteur d'une automobile. «Sans doute nos voisins qui reviennent d'une veillée du jour de l'An!» ai-je pensé. Vite sur mes coussinets, je suis allé rejoindre mon bon ami Pierre-Luc. Il saura bien m'aider, lui!

– Les Meloche ne t'ont quand même pas oublié dehors par ce froid? se fâche notre jeune voisin. Viens, suis-moi, mon beau!

Enfin, une âme compatissante! De quoi me réchauffer le cœur. Et j'en ai bien besoin car, ce dont je souffre le plus, en ce moment, c'est bien de la «froidure» humaine!

Douze coups de sonnette plus tard, suivis de dix-huit coups de poing dans la porte et de tout autant dans la grande fenêtre du salon, je vois le visage de mon sauveur passer du rouge flamboyant de la colère au gris acier annonciateur de tempête. Il vient de comprendre qu'au jour de l'An, la grande famille melochienne n'a pas d'égal pour «*swingner* la paix et la sérénité dans le fond de la boîte à bois»!

– Ne t'en fais pas, Galoche! Je vais y arriver.

Ah! ce Pierre-Luc! Un vrai ami et, surtout, un grand amoureux d'Émilie. Il sait bien que ma Douce lui sera éternellement reconnaissante de me sauver de cette atroce situation, peu importe le moyen utilisé pour y parvenir.

Ébahi, je regarde ce grand timide de Pierre-Luc ramasser de la neige, en faire une grosse boule bien tassée et aller se placer à environ deux mètres de la grande porte vitrée de la maison qui fait l'orgueil de Marilou.

Oh! oh! Il va y avoir de la casse, foi de Galoche!

– Attention, Galoche! Tasse-toi!

Vite, je file m'asseoir aux côtés de mon héros. À la fois ébloui et terrifié, je l'observe lever bien haut la balle de neige et lancer un boulet de canon qui... Ouille! ouille!... atteint en plein visage le gros Fred, revenu prendre une bouffée d'air frais. De quoi rafraîchir ce dernier pour le reste de la nuit!

Et de quoi me donner des sueurs froides…

Pierre-Luc est retourné chez lui; moi, je suis dans les bras du gros *mon oncle*. Je ne devrais pas me plaindre car, au moins, je suis enfin au chaud.

– Pauvre Pat… Pata… Patoche!

J'ai le mal de mer. Fred n'arrête pas de tanguer: un vrai bateau!

– Ton ami Pierre… Pierre-Lac a bien raisin… Il ne faut pas que tu prennes de rof… de raf… de rafraîchissement!

Renversant, ce Fred! Quel cœur sensible!

D'abord, il a éclaté de rire après avoir reçu la balle de neige sur le nez. Puis, il a presque versé une larme quand Pierre-Luc lui a expliqué qu'il avait voulu briser la vitre pour éviter que je me transforme en glaçon. Il m'a aussitôt pris dans ses bras et serré très fort en disant: «Pauvre p'tit bébé!...» Ah, l'humain: une vraie boîte à surprises!

Et mon flair légendaire me dit que je n'ai pas fini d'être étonné par ce gros *mon oncle* qui me tient toujours dans ses bras.

– J'ai un troc... euh! un truc miracle contre la grappe... euh! la grippe!... poursuit-il.

Sans me laisser le temps de réagir, Fred verse d'un coup sec entre mes babines l'eau claire d'un tout petit verre.

Ouache! Quelle odeur! Et quelle chaleur!!!

– Pas de toux... pour le gros toutou! lance le gros oncle, pris de nouveau d'un long fou rire.

Son énorme bedon rebondit comme un ballon. Encore sous le choc de son truc miracle, j'ai l'impression de naviguer sur une mer déchaînée. Sans demander de permission au capitaine, je saute à tribord et quitte ce bateau ivre.

Sans faire de vagues, Fred s'en retourne rejoindre les autres fêtards.

W-ouf! Je ne suis pas fâché de perdre ma bouée de sauvetage!

Je regarde Fred s'éloigner; puis, à ma grande surprise, je le vois disparaître dans une brume très étrange qui s'épaissit... et s'épaissit. Je cligne des yeux: la brume est toujours là! J'ai peine à voir devant moi. Une voix lointaine résonne dans ma tête: «Galoche? Mon beau Galoche?»

Malgré le ton très gentil, je réalise qu'il s'agit de Marilou. Ah non! Elle ne va pas me refaire le coup du chien savant devant sa vieille tante?

Sur mes gardes, je me rends lentement jusqu'au boudoir où les deux snobinardes de la soirée, Marilou et sa marraine Victoria, sont en train de manger. Chemin trottinant, j'ai l'impression de tanguer, comme lorsque j'étais dans les bras de Fred. Serait-ce le truc miracle de Fred qui me fait ce drôle d'effet?

– Ah! enfin, te voilà, mon gentil petit Galoche! s'exclame la mère d'Émilie en m'apercevant. Approche! Viens voir tante Victoria: elle adore les chiens!

Malgré les petits bancs de brume, je vois bien Marilou poser sa tasse en porcelaine sur la desserte, le petit doigt en l'air. Encore cette année, un magnifique plateau en argent, à trois étages, trône sur le napperon de dentelle de la desserte. Il présente le petit goûter très spécial que Marilou fait préparer uniquement pour sa riche marraine: sandwichs aux concombres, toasts tartinés au fromage cottage, petits cakes et sablés au beurre.

– Qu'il est doux, ton petit chien!

Je déteste jouer le chien de peluche. Pourtant, je me laisse caresser par la tante Victoria, car j'aimerais bien commencer la nouvelle année sur une bonne note... en me faisant ami avec la mère d'Émilie!

Je laisse donc faire la marraine. Quelle expérience douloureuse! La vieille dame est complètement myope et me rentre constamment les doigts dans les yeux, dans les oreilles et même dans les narines. Mais je ne bouge pas d'un poil!

– Ne bouge pas tout le temps, Galoche!

Stupéfait, je lève les yeux vers Marilou.

Le pire des cauchemars! Deux Marilou me regardent droit dans les yeux. Deux bouches s'ouvrent. Il est évident qu'elles me parlent, mais leurs voix s'entremêlent, si bien que j'ai peine à comprendre. Je capte enfin un mot: beau...

Elle veut sûrement que je fasse le beau. L'humiliation extrême, bien entendu.

Ne reculant devant rien, je m'assois tout près de la desserte, soulève les deux pattes de devant et... oh! oh! Qu'est-ce

qui m'arrive?... Je tombe sur le dos.
L'instant d'après, sandwichs aux concombres, toasts au fromage cottage,
petits cakes et sablés au beurre me
tombent sur la tête. Je ne comprends
plus rien: tout tourne autour de moi! Un
vrai carrousel dans lequel passent et
repassent les visages en colère de...
Marilou et Marilou! Je devrais paniquer et,
pourtant, affalé par terre, je sens un grand
frisson de plaisir m'envahir d'un coup.

Hi, hi, hi!

En moi, c'est l'euphorie! Plus les
Marilou du carrousel me lancent de gros
mots, plus je me roule par terre, laissant
libre cours à cette étrange folie qui
m'habite.

Pourtant, à peine quelques instants
plus tard, j'ai fini de me sentir bien dans
ma peau de chien. Je n'arrête pas de
faire:

– Hic, hic, hic!

Misère à poil! Quel début d'année pitoyable!

Et quelle gueule de bois j'ai dû subir le 1er janvier toute la journée... L'alcool, ce n'est vraiment pas fait pour les chiens. Les gueules de bois, à l'avenir, je les laisserai aux humains!

Le moindre bruit m'écorchait les oreilles... et les Meloche s'en donnaient à cœur joie, comme tu peux te l'imaginer.

Pendant deux jours, j'ai eu des haut-le-cœur juste à entendre le mot «nourriture»... et tout au long de ces quarante-huit heures, Sébastien et Éloïse, les malins, n'ont pas cessé de me mettre sous la truffe les sandwichs aux concombres et les toasts au fromage cottage qui avaient échappé au désastre... Une vraie torture!

Pendant deux semaines, moi, Galoche, j'ai longé les murs pour éviter tout face-à-face avec Marilou!

Heureusement, la Saint-Valentin approchait, avec son lot de joie et d'amour. De quoi remettre mon train-train quotidien de bon chien sur la bonne voie; du moins, je l'espérais...

Dimanche	Lundi	Mardi	Mercredi	Jeudi	Vendredi	Samedi
9	10	11	12	13	**14**	15
16	17	18	19	20	21	22

CUPIDON... SORT DE SES GONDS!

Aujourd'hui, 14 février, jour de Saint-Valentin, il y a de l'amour dans l'air... et beaucoup de poussière!

Moi, Galoche, j'ai décidé d'offrir à ma douce Émilie un cadeau extraordinaire: une chambre propre, propre, propre. Et j'y travaille depuis la fin de ma sieste du midi. Quel capharnaüm, cette pièce! J'en ai la langue à terre. Sans compter que mes narines sont toutes irritées par les volutes qui s'élèvent sous mon épous-setage. Je passe au poil fin même les plus petits recoins...

– Vite! Ton Émilie sera de retour de l'école dans quelques instants! me lance Cupidon, qui en profite pour me décocher en même temps une de ses petites flèches d'amour sur la fesse droite.

– AÏE! tu aurais pu viser ailleurs!

Eh non, je n'ai pas perdu la boule! Cupidon est bel et bien là...

Le jour de la Saint-Valentin, nous aussi, les chiens, on peut bien laisser libre cours à notre imagination. N'est-ce pas les humains qui ont donné vie à ce cher petit ange que l'on voit placardé un peu partout? Ils manquent vraiment de goût, les humains: qu'il est laid et difforme, ce Cupidon! Et il a l'air totalement dépassé, avec son arc et ses fléchettes.

Qu'à cela ne tienne puisque, pour une fois, l'amour est au menu du jour chez les «deux pattes». Alors moi, bon chien que je suis, je m'évertue à jouer leur jeu jusqu'au bout.

– D'accord, Cupidon, ne sors pas de tes gonds et rentre tes fléchettes: je me dépêche de terminer le boulot.

Je me retrousse les poils et termine mon époussetage : rien n'est trop humiliant pour faire plaisir à ma Douce !

Que fait donc Émilie ?

Depuis un long moment, je suis assis au garde-à-vous au milieu de la pièce, anxieux de voir son expression lorsqu'elle découvrira ma surprise. J'ai mis tout mon cœur à refaire une beauté à sa chambre. Un seul doute m'assaille : pourvu qu'elle la reconnaisse !

Pourquoi ne monte-t-elle pas ?

J'ai entendu des bruits au rez-de-chaussée et des claquements de porte. Elle est sûrement de retour de l'école.

Chaque année, à la Saint-Valentin, Émilie me donne un petit quelque chose. Mais c'est la première fois que moi, je lui fais un cadeau. Et quel cadeau ! Je suis crevé. Et tout excité !

Soudain, VLAN! Ma valentine entre en coup de vent. Sans même me remarquer, elle se déshabille. Son chandail, son pantalon et ses chaussettes volent aux quatre coins de la chambre. Puis, BADING! BADANG!

J'ai les yeux sortis des orbites: ma Douce déleste sa penderie d'un jean, d'un chemisier, d'une jupe... Elle projette ses vêtements derrière elle. Ces derniers atterrissent près de moi. Elle arrête enfin son choix sur sa petite robe rouge à pois blancs et se précipite vers sa commode. Ma fourrure rougit sous l'effet de la colère. Ah non! Pas la *poupoudre!*

L'instant d'après, devant son miroir, Émilie se maquille: poudre et mouchoirs virevoltent autour d'elle. J'ai les yeux et la gorge qui piquent. Atchoum!

Un dernier petit coup de rouge à lèvres, et VLAN! Ma valentine est disparue. Une vraie tornade! Une vraie Meloche! Quant à ma surprise... quel désastre!!!

– Oh! oh! Ça ne va vraiment pas, mon gros poilu!

– Toi, Cupidon, retourne dans tes nuages!

Je pars comme une flèche aux trousses de ma valentine.

Mais quelle mouche l'a piquée?

Je glisse sur les planchers de bois franc et rebondis sur les murs comme une balle avant d'atteindre l'escalier, que je dévale deux marches à la fois pour finir en *rase-bedaine* dans le vestibule. Avec l'énergie du valentin désespéré, je me remets sur pattes et me rends au salon de peine et de misère.

– C'est lui, ton chien, Émilie? Il a bien l'air fou!

Ah non! Pas encore un nouvel amoureux...

L'apparition d'un colosse sur le divan, tout près d'Émilie, m'assomme plus encore que ma folle descente dans l'escalier.

Je sors du salon et vais traîner de la patte un peu plus loin. J'ai le moral dans les coussinets: voilà qu'Émilie recommence à s'enticher des garçons plus vieux qu'elle. Moi qui pensais avoir réussi à faire de Pierre-Luc, notre jeune et gentil voisin, son seul vrai petit ami...

J'aperçois soudain un énorme chocolat en forme de cœur sur le coin de la table de la cuisine. Une pensée aussi noire que ce magnifique chocolat me traverse tout à coup l'esprit: l'instant d'après, j'engloutis celui-ci en quelques bouchées.

Hummm!... Quel délice! Foi de Galoche, jamais je n'en ai mangé de meilleur et d'aussi gros...

– GALOCHE! ESPÈCE DE VIEILLE SACOCHE!

Je cesse brusquement de me lécher les babines à grands coups de langue. Je lève la tête et vois le visage tout empourpré de la mère d'Émilie qui hurle:

– MON CŒUR POUR FABIEN !... JE VIENS DE LE SORTIR DU RÉFRIGÉRATEUR !

Mon petit cœur fond comme le chocolat au fond de ma gueule.

– TOI, TU VAS ME LE PAYER !

Misère à poil ! Quelqu'un pourrait-il me dire pourquoi Marilou, qui ne cuisine jamais et qui offre encore moins de cadeaux à Fabien, même à Noël, a décidé aujourd'hui de lui fabriquer cet immense cœur en chocolat ? Hein, pourquoi ?

– À cause de moi ! ricane Cupidon, le sourire fendu jusqu'aux ailes. Hi, hi, hi !...

La mère d'Émilie me menace des pires atrocités depuis un moment, la dernière étant de me plonger dans une immense marmite de chocolat fondu.

– Marilou ! Calme-toi un peu.

W-ouf ! Heureusement, Fabien vient à ma rescousse.

– Voyons, Chérie, ce n'est pas grave! répète le gros barbu de mari de Marilou.

Tout comme moi, Fabien trouve la réaction de sa femme démesurée; mais il se garde bien de le lui dire, car il pourrait se retrouver aussi dans la marmite de chocolat fondant, foi de Galoche!

– Calme-toi, voyons! poursuit-il. Oublions tout ça!... Viens, je t'invite chez Luigi: un petit tête-à-tête amoureux. Rien que nous deux!

Si j'étais Marilou, j'accepterais sur-le-champ: l'Italie, l'accordéon et les spaghettis, ça me changerait du chocolat et du colosse assis près d'Émilie.

– Toi, Galoche, me lance Fabien à brûle-pourpoint en tentant de prendre son air de méchant grizzli, déguerpis!

Je prends mes pattes à mon cou et tire ma révérence. Ce ne sont certainement pas les rires d'Émilie, provenant du salon, qui vont me remonter le moral. Encore moins ce Cupidon de malheur qui s'accroche à mon imagination comme un poisson à un hameçon.

– Psst, Galoche?!

Je me tourne vers la porte d'entrée. La tête de Pierre-Luc s'encadre dans l'entre-bâillement. Il a un drôle de regard. Pourvu qu'il ne lui soit rien arrivé de grave! Je m'approche.

– Salut, mon beau! me glisse-t-il à l'oreille. J'ai un grand, grand, grand service à te demander...

Comment lui refuser quoi que ce soit après le geste héroïque qu'il a posé la nuit du jour de l'An?

Il sort de sa poche un étrange collier: un joli cordon rose auquel est suspendue une petite carte. Il me le glisse dans le cou.

– Je veux que tu sois mon messager pour la Saint-Valentin. Émilie va adorer!

La petite carte au bout du cordon rose semble soudain peser aussi lourd que le sac d'école d'Émilie.

– Va vite lui porter mon valentin! Elle est au salon: je l'ai vue à travers les rideaux.

Aussitôt, une petite voix rauque résonne dans ma tête:

– Mais oui, Galoche, grouille, mon vieux! Hi, hi, hi!

Moi, Galoche, j'en ferais de la bouillie pour les chats, de ma folle imagination et de ce Cupidon de malheur!

– Vite, Galoche! insiste Pierre-Luc en me poussant hors du vestibule. Je laisse trente secondes à Émilie pour lire mon mot doux après ton entrée dans le salon, puis je vais la rejoindre.

Pierre-Luc est tout rouge. C'est qu'il est timide, le pauvre! Et si gentil! Imagine: un mot doux pour Émilie... Quelle humiliation ce sera pour lui si je le laisse venir au salon!

Au risque de passer pour un chien ingrat à ses yeux, je résiste à ses poussées répétées. Mais plus j'essaie de m'agripper au plancher, plus je perds du terrain.

– Vas-y, Galoche! Vas-y donc!

Mes griffes grincent et lacèrent les lattes de bois verni. Qu'est-ce qui arrive à Pierre-Luc? Il n'a ni le physique ni les allures d'un superhéros, mais il me semble soudain d'une force herculéenne...

– C'est l'amour! me nargue ce fatigant de Cupidon.

J'en ai plein le dos de ce petit Robin des anges raté, et plein les pattes de Pierre-Luc, ce valeureux et entêté valentin qui ne cesse de me faire glisser vers l'entrée du salon. À bout de souffle et de griffes, j'abandonne le combat.

IVG! Vite, Galoche: tu n'as que trente secondes pour sortir Pierre-Luc du pétrin! Improvise vite et bien! Car la seule solution pour lui éviter l'humiliation extrême, c'est de faire en sorte qu'Émilie lise son mot doux. Elle va aussitôt se précipiter vers le vestibule pour l'empêcher de s'amener devant son colosse. Trente secondes... Quel délai de fou!

Je m'élance vers le salon et je m'y promène en agitant bien fort la petite carte. Peine perdue! Émilie n'a d'yeux que pour sa nouvelle conquête. Elle lui montre des photos dans une revue d'automobiles appartenant à Fabien.

– Vingt secondes!... Hi, hi, hi!

Ah! ce qu'il peut m'énerver, ce Cupidon!

Je prends la carte dans ma gueule, saute sur le divan et, les yeux rivés sur ceux d'Émilie, je grimpe sur les cuisses du gros et grand garçon. Une main me repousse brutalement: je vais m'écraser sur le bras du divan. Horreur! Et Émilie qui ne s'aperçoit de rien!

– Hi, hi, hi!... Plus que CINQ secondes!

Mon vieil instinct de chasseur refait brusquement surface. Je m'assois, baisse un peu les flancs et... bondis dans les airs en me disant: «Si Émilie ne voit pas la carte, cette fois, je me change en Cupidon!»

– Hi, hi, hi! Pauvre gros poilu...

J'atterris directement sur la revue. Je me retrouve de tout mon long sur les genoux d'Émilie, les yeux posés sur les siens, la carte toujours entre mes crocs. Sa main se dirige enfin vers ma gueule. Et, au moment même où je reprends espoir, une voix que je connais bien retentit dans le salon:

– Bonne Saint-Valen...

Un silence de salle de vétérinaire envahit aussitôt la pièce.

– C'est qui, lui? bougonne finalement le colosse, en pointant notre jeune voisin du doigt.

– Euh! un... un ami, bredouille Émilie, encore sous le choc.

De mon côté, j'essaie de m'asseoir sur les genoux de ma Douce pour la réconforter. Le mastodonte près de moi me donne alors un solide coup d'avant-bras et m'envoie au plancher, juste aux pieds d'Émilie.

– Hé, le gros! Ne fais pas mal au chien d'Émilie! lance Pierre-Luc d'une voix autoritaire, en fonçant droit sur le dur à cuire.

Moi, Galoche, je reste gueule bée.

Sur le divan, la bataille prend entre les deux prétendants-belligérants. Émilie, qui s'est levée d'un bond, tout aussi éberluée que moi, les regarde d'abord se bousculer sans réagir. Comme moi, elle ne parvient sans doute pas à croire que Pierre-Luc, si chétif et timide, a foncé la tête la première sur son nouvel ami.

– Cessez de vous battre! crie-t-elle enfin. Vous avez l'air de deux gros bébés!

Malgré son courage, Pierre-Luc en arrache. Il est écrasé sous le poids du jeune gorille qu'Émilie a ramené à la maison. Il semble chercher son souffle. Et les appels répétés de mon Émilie ne paraissent pas du tout émouvoir le colosse.

Misère à poil! Le gros va l'étouffer : notre voisin est blanc comme Frisolyne, mon amie caniche!

Prenant mon courage à quatre pattes, je me lance dans la mêlée. Le colosse, qui m'a vu venir, sort un pied et me l'envoie durement dans le bas-ventre... WAFFF!!!... Je tombe par terre comme une lourde pierre. Orgueilleux, j'essaie de me relever sur-le-champ, mais en vain. Des crampes m'en empêchent. Je sens comme des flèches dans mon bas-ventre... et elles n'ont rien à voir avec Cupidon, crois-moi!...

– Tu es malade ou quoi, gros bêta? hurle Émilie à son mastodonte.

Les mots ont sorti de la bouche d'Émilie comme des roches projetées par un lance-pierres. Le colosse ne fait ni une ni deux. Sans prendre la peine de répondre à ma Douce, tout sans-cœur qu'il est, il s'en va comme un voleur. Émilie vient aussitôt rejoindre Pierre-Luc, agenouillé près de moi.

– Galoche! Ça va, mon beau?

– Émilie, je crois qu'on ferait mieux de l'amener chez le vétérinaire, suggère Pierre-Luc.

Tout le monde est aux petits soins avec moi. Même Cupidon – le tenace – me chuchote à l'oreille le plus sérieusement du monde:

– Tout va bien se passer, mon gros. Ne t'inquiète pas: le jour de la Saint-Valentin se termine toujours bien...

Cupidon avait raison!

Un petit examen, et je suis de retour à la maison... ou plutôt NOUS sommes de retour.

– Une vraie plaie, ce chien! pleur-
niche Marilou à l'endroit de Fabien. En
plus de manger ton cœur en chocolat, il
a gâché notre tête-à-tête chez Luigi.

– Voyons, Chérie, rétorque le père
d'Émilie d'une voix calme. Galoche a
ses torts mais, cette fois, il ne faudrait
pas l'accuser de tout. Viens, je vais te
faire une bonne tisane…

Émilie en profite aussitôt pour filer
dans sa chambre. Calé au creux de ses
bras, je suis le chien le plus heureux du
monde – comme le jour où elle est venue
me libérer de l'animalerie.

Elle me dépose très doucement au
pied du lit, puis elle se penche vers moi
et tend la main vers mon cou:

– Tu permets?

Et comment donc! Je la laisse m'enlever le petit cordon rose qui pend
toujours à mon cou. Avec tous ces
événements, j'avais complètement
oublié le mot doux de Pierre-Luc.

Assise près de moi, ma Douce ouvre la mignonne carte fleurie et lit tout haut le message écrit par son valentin :

J'aime être le meilleur en mathématiques, en géographie, en français oral, en sciences de la nature, en musique et en arts plastiques.

Mais ce que j'aimerais par-dessus tout, c'est être le premier... dans ton cœur !

Ton voisin et valentin,
Pierre-Luc

– Hi, hi, hi !... C'est pas beau, ça ? ricane Cupidon.

– Chut ! Tais-toi !

Je continue d'observer Émilie. Un sourire se dessine sur ses lèvres.

« Bon signe ! » que je m'encourage.

– Oh ! crie-t-elle tout à coup, comme si elle avait oublié quelque chose de très important.

Elle court chercher son sac d'école dans le coin de la chambre et revient tout près de moi.

– Tiens! fait-elle en me tendant un biscuit qu'elle sort du sac. Pour la Saint-Valentin! Il est plein de pépites de chocolat à l'orange.

Mon biscuit préféré! Moi, le parfum de l'orange me rend fou.

Ah! ma douce Émilie! Elle n'a pas remarqué ma surprise, mais au moins elle ne m'avait donc pas oublié.

– Hi, hi, hi!... Le jour de la Saint-Valentin se termine toujours bien, foi de Cupidon!

Cupidon se volatilisa enfin dans les dédales de mon imagination à minuit tapant.

J'aurais pourtant bien aimé le voir réapparaître quelque temps après: le jour de la fête des Pères. Non pas pour qu'il se moque de moi, mais bien pour qu'il me garantisse que cette journée, si mal commencée, allait elle aussi se terminer en beauté, comme le jour de la Saint-Valentin.

Foi de Galoche, en cette fameuse journée de la fête des Pères, j'avais des airs de chien... sandwich!

Juin

Dimanche	Lundi	Mardi	Mercredi	Jeudi	Vendredi	Samedi
15	16	17	18	19	20	21
22	23	24	25	26	27	28

PANIQUE... DANS LE PANIER À PIQUE-NIQUE!

Je n'aurais jamais cru que la fête des Pères me rendrait un jour aussi nerveux.

– N'aie pas peur, Galoche! Saute, voyons!

D'habitude, les humains donnent à leur papa des cadeaux annoncés à la télévision, à la radio ou dans les journaux, sans oublier le traditionnel gâteau d'anniversaire. En somme, rien de bouleversant pour le papa – ni pour le chien de la maison. Avec mon Émilie, bien entendu, il fallait qu'il en soit autrement: le cadeau offert par ma Douce a fait grimper Fabien au septième ciel... et moi, Galoche, dans les rideaux!

– Galoche, tu ne veux pas faire plaisir à grand-papa et à Fabien?...

Depuis un moment, Émilie essaie de me faire sauter dans un énorme panier à pique-nique. Celui-là même que la famille Meloche a donné à Marilou pour la fête des Mères. Elle veut m'y cacher.

– Saute, mon beau! Vite!

Moi, je suis claustrophobe! Et me retrouver prisonnier d'un panier qui appartient à la mère d'Émilie, que je pourrais briser par surcroît, il y a de quoi me scier les pattes.

– Ne le force pas, dit gentiment Fabien.

– Papa, c'est ton cadeau! Pas question de reculer, maintenant!

Ma Douce a offert à Fabien, comme cadeau, d'aller rendre une petite visite à son vieux père malade... EN MA COMPAGNIE! Voilà pourquoi je suis assis dans le stationnement de la maison Havre-de-paix. C'est là que vit Thomas, le grand-père d'Émilie. Les Meloche prétendent qu'il y est très bien traité. Moi, j'en doute, car c'est un endroit où les chiens ne sont pas admis.

– Pense à grand-papa, Galoche : il t'aime tellement ! Il sera fou de joie de te revoir. C'est un cadeau magnifique.

Pourquoi alors m'a-t-on toujours empêché de lui rendre visite ? Pourquoi devrais-je aujourd'hui jouer les chiens-sandwichs et me rendre jusqu'à lui dans un panier à pique-nique ?

Je sens la moutarde me monter au museau...

– Galoche, tu ferais tant plaisir à Fabien ! Tu le sais bien, hein ?

Ah ! les humains ! Ils savent «jouer du sentiment»... Émilie est une virtuose dans ce domaine. Et moi, bon chien sensible que je suis, je finis toujours par me laisser attendrir et me plier au moindre de ses caprices.

– Tu n'as rien à craindre, Galoche, renchérit ma grande amie en faisant maintenant briller de tendresse ses deux jolies billes vertes. Mon plan va marcher comme sur des roulettes! Tout ira très bien, mon beau.

Une fois encore, je tombe dans le piège... et dans le panier.

Me voilà en route vers la chambre de Thomas, dans le panier transporté par Fabien.

– Galoche, me chuchote Émilie entre les brins de paille tressés qui me permettent tout juste de respirer, ne sois pas surpris si grand-père ne nous reconnaît pas. Reste naturel. Laisse-toi caresser, même s'il te prend pour un autre animal.

En autant qu'il ne me demande pas de faire «Miaou!»...

Je blague, bien sûr, car je n'ai pas de grandes oreilles pour rien : j'ai souvent entendu Fabien confier à Émilie et à Marilou combien son cœur se serre quand Thomas ne le reconnaît pas. Ma Douce et sa mère se montrent toujours très tendres pour Fabien dans ces instants où sa voix tremblote.

Moi, dans ces moments, je voudrais lécher les larmes qui roulent sur ses joues ; mais ça ne se fait pas dans le monde humain. Alors, je me contente de lui faire de beaux yeux. Il semble apprécier car, chaque fois, le gros et grand barbu de père d'Émilie me caresse longuement de son énorme main.

Soudain, je suis ballotté de tous côtés dans mon panier.

– Attention, Émilie ! lance Fabien, qui accélère le pas dans le corridor du rez-de-chaussée. Va vite peser sur le bouton de l'ascenseur : l'infirmière en chef se dirige vers nous. Elle est du genre malin.

Le bruit d'une cloche se fait entendre, suivi d'un son étrange de roulement. Mon panier prend le mors aux dents et moi, je mords dans la paille. Je commence à avoir le mal de mer.

– Émilie, vite, pèse sur le 2!

Une voix lointaine résonne.

– Monsieur Meloche? Attendez-moi!

Fabien et Émilie s'immobilisent. Je n'entends plus que des petits pas feutrés qui se rapprochent à vive allure. Puis les portes se referment. Et brusquement, le plancher de l'ascenseur vibre sous mon panier. Trop tard: l'infirmière est entrée!

– Bonjour, monsieur Meloche! C'est Thomas qui va être content de vous voir! Quelle belle fête des Pères ce sera pour lui... Quel beau panier à pique-nique vous avez là!

Oh! oh! Moi, Galoche, j'ai beau ne pas être père, je sens que ça va bientôt être... MA FÊTE!

L'ascenseur monte.

Je suis toujours dans mon panier... de crabes!

– Un pique-nique..., s'enthousiasme maintenant l'infirmière dont je n'aperçois que le gros menton joufflu entre la paille. Quelle charmante idée!

– Oui, bredouille Fabien, mon père a toujours adoré pique-niquer.

– Moi aussi! s'exclame la dame en blanc, faisant de nouveau palpiter le plancher de l'ascenseur.

Moi, Galoche, je vais en faire une vraie indigestion des pique-niques, si ça continue...

Je suffoque presque, seul dans le noir. Un vrai chien-sandwich en train de moisir au fond du panier. Ah! Émilie et son plan qui devait marcher comme sur des roulettes!...

L'ascenseur s'immobilise.

– Viens, Émilie! Nous y sommes.

Mon panier est soulevé. W-ouf! Mon cauchemar achève! Je reprends un peu espoir, mais la voix de l'infirmière se fait alors entendre haut et fort:

– Tiens! J'ai bien envie d'aller aussi souhaiter un joyeux anniversaire à mon bon ami Thomas!

BOUM!

AÏE! je retombe au plancher comme une roche. Et j'entends soudain... des pas qui s'éloignent! Ce n'est pas vrai!

Je comprends vite que Fabien et Émilie sont partis rejoindre l'infirmière. Ce gros ours mal éduqué m'a laissé seul dans l'ascenseur.

Dans le corridor, j'entends de petits pas précipités et la voix de l'infirmière lancer tout de go:

– Monsieur Meloche, vous avez oublié votre pique-nique!

– Ah bon! laisse échapper Fabien d'un ton presque indifférent.

– Laissez, je vais le chercher.

Elle va découvrir le pot aux poils! Je suis mort de peur.

Le bruit des pas s'éteint tout à coup. W-ouf! Les portes de l'ascenseur se sont refermées juste avant que l'infirmière ne rentre.

IVG! Pas question de rester dans ce panier de malheur!

D'un bon coup de museau, je fais sauter le couvercle de ma grosse boîte à lunch. Mais j'ai à peine mis le bout de la truffe hors du panier qu'une série de petits cris m'y fait replonger aussitôt. Misère à poil! Il y a encore quelqu'un dans l'ascenseur!... Je suis perdu, foi de Galoche!

Quel grand séducteur je suis! Et je ne parle pas à travers mon panier! Oh non! Car me voilà présentement dans l'immense salon de la maison Havre-de-paix. J'y suis même en grande vedette, rien de moins!

J'ai eu la frousse de ma vie de chien un peu plus tôt, dans l'ascenseur, quand j'ai entendu crier et que les lunettes rondes d'une vieille dame sont finalement apparues juste au-dessus de moi, près du rebord du panier. Sans perdre mon calme, je lui ai fait les yeux doux – j'ai beaucoup appris de mon Émilie! Et je dois être un bon élève, car la dame s'est tout de suite calmée. Puis, elle m'a pris dans ses bras et m'a amené voir ses amis au grand salon. Depuis, ils ne cessent de me caresser, de me passer d'une paire de bras à l'autre... et de me donner de tout petits beignets savoureux.

– Le pauvre! Il était vraiment enfermé dans ce panier?

– Eh oui, madame Mongeau.

– Ah! que les gens sont méchants!

J'aimerais bien que mon Émilie entende ces bonnes personnes! Peut-être me donnerait-elle un peu plus souvent, comme elles, de si bons beignets. Hummm! Celui-ci est à la cannelle : un vrai régal!

– Galoche!

Une voix que je connais bien interrompt abruptement ce doux moment de bonheur.

– Te voilà, toi!

J'avale d'un trait le reste de mon beignet; mon Émilie court vers moi.

– Je te cherche depuis une éternité!

Gentiment, mais fermement, ma Douce m'extirpe de ce monde enchanteur aux bonnes odeurs de cannelle.

– Excusez-moi, mais j'ai absolument besoin de mon chien!

Émilie m'entoure de ses bras et me retourne vite au fond du panier qu'elle referme.

Des exclamations indignées fusent derrière nous, pendant que je reprends mon rôle de chien-sandwich.

Chemin ballottant, je me fais du souci pour Émilie. Elle ne parviendra jamais à m'amener jusqu'à la chambre de son grand-père. Je ne doute pas de son courage; mais ses bras ne tiendront pas le coup, foi de Galoche. Le panier est trop lourd.

– Grand-papa n'a pas reconnu mon père, me confie-t-elle à travers la paille tressée. Fabien a de la peine. Il faut se dépêcher. L'infirmière en chef n'est plus là...

Moi, Galoche, je suis très inquiet: je soupçonne soudain ma Douce de croire que ma présence auprès de son grand-père va lui faire retrouver la mémoire... Cette idée me rend fou de peur!

Quelques ballottements de panier plus tard, j'entends Émilie haleter. À bout de force, elle dépose son chien-sandwich. Alors que je me sens plus que jamais aussi coincé qu'une tranche de mortadelle entre deux tranches de pain, j'entends Émilie s'exclamer:

– Galoche, on est sauvés!

Émilie soulève le panier, fait quelques pas et pousse une porte. En vitesse, elle me fait sortir de ma cachette. Nous sommes dans une toute petite salle avec des tablettes aux quatre murs, remplies de draps et de serviettes.

– Vite, Galoche: plonge dans le grand panier à linge!

Ah non! Pas encore un panier!

Émilie s'empresse de cacher le panier d'osier sous une tablette métallique et le recouvre d'un drap blanc tandis que je bondis dans ma nouvelle cachette. Puis, VROUM! nous nous retrouvons de nouveau dans le corridor: moi, au fond du chariot, Émilie à la barre. Elle pousse à fond son bolide. Pour la première fois aujourd'hui, son plan marche vraiment sur des roulettes...

Ouache!!! Mais quelles sont donc toutes ces odeurs nauséabondes?

Je réalise soudain que je suis enfoui sous une montagne de linge… sale! Mais je ne jappe mot: Émilie sera si heureuse de faire plaisir à son père.

Le chariot s'arrête brusquement. Je vole vers l'avant, la tête la première dans la toile blanche.

– L'infirmière en chef est au bout du corridor! me lance Émilie, détournant d'un coup sec la trajectoire de son bolide et fonçant vers ce qui me semble être une porte.

Une fois cette porte refermée, je m'extirpe du chariot comme une fusée, à la recherche d'air pur. Au moment où j'atterris sur le plancher…

– Miaou!

Misère à poil! Qu'est-ce que c'est encore?

Un chat me foudroie du regard.

– Grisou, viens ici!

Un vieil homme tout maigre se lève d'un bond de son gros fauteuil berçant et vient prendre son «Grisou». Puis, aussi tendu que les moustaches de son chat, il implore Émilie :

– Vous ne le direz à personne, hein? On pourrait venir me l'enlever... J'en mourrais !

– C'est promis ! Ne vous inquiétez pas, monsieur. Excusez-nous de vous avoir fait aussi peur ! Vous ne direz rien non plus, n'est-ce pas?

Quelques «Miaou!» plus tard, Émilie, qui surveille le corridor près de la porte, me crie :

– Ça y est: le chemin est libre. Vite, Galoche !

Heureux de quitter Grisou, je retiens mon souffle et replonge dans l'énorme poubelle à linge.

– Bonne chance, mademoiselle Émilie!

– Bonne chance à vous aussi... et à Grisou !

Nous revoilà en piste, dans le corridor. Chemin roulant, je me demande pourquoi les humains, qui inventent plein de machines compliquées pour se déplacer, pour se guérir, pour se nourrir, ne peuvent trouver une solution pour que leurs vieillards malades puissent garder auprès d'eux un animal qu'ils aiment.

Soudain, notre formule 1 ralentit sa course. Notre pilote lui fait prendre un dernier virage en douceur et s'immobilise enfin. Je m'en extirpe aussitôt. Les yeux écarquillés, Fabien me regarde atterrir sur le grand lit de son père.

– Émilie, c'est quoi, ce chariot? s'inquiète-t-il. Où as-tu...

Il s'arrête net de parler quand il entend une voix enrouée et tout heureuse clamer:

– Galoche! Mon beau Galoche!

Je vois Thomas, assis dans son fauteuil, tout souriant, qui m'ouvre grands les bras. Je m'y précipite. Il se met aussitôt à me caresser le dessus de la tête, comme il le faisait toujours lorsque nous lui rendions visite à l'époque où il vivait encore seul dans sa maison.

– Ah! tu es toujours aussi doux, mon beau! Mais...

Le vieil homme cesse tout à coup de s'occuper de moi et porte toute son attention sur Fabien et mon Émilie, debout près du lit, encore figés d'étonnement. Comme s'il venait tout juste de remarquer leur présence, Thomas dit:

– Mais que faites-vous là, vous deux?... Ah! que je suis content de te revoir, mon gros Fabien... Et toi, donc, ma belle Émilie! Venez m'embrasser, voyons!

De toute ma vie de chien, je n'ai jamais vu d'aussi beaux sourires que ceux qu'arborent mes deux plus grands amis en embrassant Thomas...

Malgré les mésaventures, je garde un bon souvenir de cette fête des Pères! Ma présence a pu redonner la mémoire au papa de Fabien pendant un bon moment; du même coup, j'ai permis à mon Émilie de donner le plus beau des cadeaux à son père! Moi, Galoche, je suis bien prêt à jouer le chien-sandwich de nouveau l'an prochain si je rends autant de gens heureux.

Ah! si seulement la fête nationale qui approchait et cette fameuse soirée donnée par Marilou pour souligner l'événement avaient pu se terminer aussi bien... Quel cauchemar j'ai vécu... et jusqu'à la fin, cette fois!

Dimanche	Lundi	Mardi	Mercredi	Jeudi	Vendredi	Samedi
15	16	17	18	19	20	21
22	23	**24**	25	26	27	28

PARADE... ET GRANDE PÉTARADE!

C'est jour de fête nationale pour les humains qui habitent notre petit coin de planète... Pour moi, Galoche, c'est plutôt jour de deuil national! Depuis des lunes et des lunes, je n'ai pratiquement plus de vie privée: ON A RÉQUISITIONNÉ TOUTE LA COUR ARRIÈRE!

Marilou a décidé de fêter l'événement à sa manière, cette année, en invitant plusieurs personnes du ministère où elle travaille, dont sa toute nouvelle ministre et le personnel de son cabinet. Depuis, la cour – mon minuscule coin de planète à moi – m'a été enlevée. Marilou veut y faire... SA COUR!

Des employés ont transformé ma cour en un «jardin français»: rangées de petits arbustes alignés, fontaines d'eau, immenses statues de plâtre et sentiers de petites pierres toutes blanches.

Un vrai miracle d'horticulture, selon la mère d'Émilie.

Une horreur, selon moi, à la hauteur des idées de grandeur de Marilou! De quoi bousiller ma vie de bon chien de famille. Je n'ai plus le droit de toucher à rien, au cas où j'abîmerais un arbuste ou briserais une statue...

Et ce n'est pas tout! Oh non!

Au cours des deux derniers jours, des lampadaires, des parasols, des petits drapeaux et des grandes tables alignées tout le long de la haie qui ceinture la cour ont poussé comme des champignons. Des nappes de dentelle, des candélabres à six branches et des plateaux d'argent et d'or recouvrent les tables.

Bref, plus un centimètre de cour à moi!

Ce soir, alors que la sous-ministre attend son monde pour leur en mettre plein la vue, je n'ai pas assez de mes deux grands yeux pour suivre les allées et venues de plusieurs serveurs. Ils portent des costumes très élégants, mais ils semblent coincés dedans comme une saucisse dans un pain. Ils ne cessent de garnir les tables de fines victuailles et de pâtisseries incroyables.

– Ne fais pas cette tête, Galoche! dit Émilie à mes côtés. Dans quelques heures, tout sera terminé.

– Et ta cour redeviendra comme avant, renchérit Fabien.

Mes deux meilleurs amis ont beau être à mes côtés et tenter de me remonter le moral, ils ne semblent pourtant pas plus épanouis que moi, misère à poil! Fabien ressemble à un gros pingouin dans son habit de soirée; quant à ma

Douce, elle me fait penser à la pauvre poupée qui orne le coffre à bijoux de Marilou. En cette occasion unique d'avancement dans sa carrière de haut fonctionnaire, la mère d'Émilie l'a obligée à porter une petite robe à froufrous. Mais la «poupée» Émilie ne tourne pas, ne joue pas de la musique et, surtout, ne sourit pas.

Moi, Galoche, je ne suis pas en reste: Marilou a remplacé mon foulard par une grosse boucle noire dont l'élastique me serre le cou à en devenir fou.

Quel beau trio nous formons!

– Oh! regardez!...

Émilie pointe du doigt une grosse voiture qui s'approche de la maison. D'autres suivent aussitôt.

– Les invités arrivent!

– Oui, tu as raison, Mimi, marmonne Fabien. La parade des *péteux de broue* commence!

La cour ressemble à un grand poulailler humain: ça caquète, ça caquète, ça caquète! Tout ce beau monde fait du coq-à-l'âne, s'amusant à déplumer sans arrêt ceux qui gravitent dans leur bien petit univers.

Une vraie basse-cour, foi de Galoche!

Et ça picore, ça picore, ça picore! La bouche pleine, chacun y va de son petit fiel personnel. Bien entendu, personne ne penserait à sustenter un pauvre chien affamé qui longe les tables désespérément. Les mille et une bonnes odeurs de toutes ces jolies bouchées trônant au-dessus de ma tête me font jouer du museau à en avoir le *tortitruffe*...

– Ah! Galoche! Que tu es mignon...

Sébastien se penche vers moi avec, au creux d'une main, un joli champignon fourré à... hummm, mon nez me dit qu'il s'agit d'une petite crème à la ciboulette! Mais mon flair me dit aussi de me méfier de Monsieur-je-sais-tout, car ce n'est vraiment pas dans les habitudes du frère d'Émilie de me gâter. Au contraire! Il me donne plutôt du poil à retordre! Mais j'ai tellement faim...

AÏE!

À peine ai-je pris le champignon que Sébastien me séquestre dans ses bras.

– Quel beau nœud papillon! se moque l'escogriffe en étirant d'un coup l'élastique de mon nœud comme de la tire Sainte-Catherine.

Je fixe mon nœud papillon, prêt à revenir tel un boulet de canon. Je suis pris au piège. J'ai beau crier «IVG!» dans ma tête, rien à faire; aucune solution n'en émerge.

Alors que j'ai le champignon dans le *gorgotton*, une voix autoritaire lance brusquement:

– Non, Sébas!

Je crois rêver: Marilou retient le bras de Monsieur-je-sais-tout et grommelle entre ses dents serrées:

– Tu replaces doucement le joli nœud papillon de Galoche, d'accord?

Aussitôt, avec la douceur d'un beau petit ange – rien à voir avec Cupidon! –, le frère d'Émilie ajuste le nœud à mon cou.

Je n'arrive déjà pas à comprendre pourquoi la mère d'Émilie ne m'a pas fait enfermer au sous-sol comme c'est souvent le cas lors des soirées qu'elle organise; mais là, devant tant de gentillesse à mon endroit, je suis confondu... Et aussi estomaqué de me retrouver, l'instant d'après, dans les bras de Marilou qui se met à me caresser!

Peut-être est-ce la tradition chez les humains de souligner leur fête nationale en faisant bénéficier d'une amnistie au moins un de leurs ennemis; en l'occurrence, moi, Galoche, dans le cas de Marilou?...

– Madame la ministre? lance soudain la mère d'Émilie, se soulevant sur la pointe des pieds. Madame la ministre?...

– Oh! le beau petit chien! s'écrie alors une voix forte et aiguë.

Misère à poil! Marilou avait donc quelque chose derrière la tête!

La nouvelle ministre s'avance vers nous, et mon flair légendaire me laisse croire que la période d'amnistie pourrait être de très courte durée…

Il fait noir, ma cour est noire de monde… ET MOI, GALOCHE, JE BROIE DU NOIR DANS LES BRAS DE LA MINISTRE!

– Vous adorez les chiens, m'a-t-on dit?

Marilou joue la gentille sous-ministre auprès de sa grande patronne. J'ignore pourquoi les humains sont toujours en train de nous demander, à nous, les chiens, de nous lever sur deux pattes alors qu'eux ne cessent de se mettre à quatre pattes devant plein de monde. Et moi, beau naïf, qui ai cru au miracle de l'amnistie en cette fête nationale…

– Ce n'est pas vrai! s'offusque brusquement madame la ministre. Vous ne l'avez tout de même pas appelé «Galoche»?!

Devant la moue de sa patronne, Marilou s'empresse d'expliquer, sur le ton de la confidence:

– Oui, Galoche. Ce n'est pas un très joli nom, j'en conviens. Mais vous savez ce que sont les enfants, n'est-ce pas? Or, comme c'est Émilie, ma benjamine, qui l'a adopté, elle a elle-même choisi ce nom... très ordinaire.

Après une pause, la «vraiment-pas-gênée-du-tout» de Marilou ajoute:

– Ma petite fille y tenait... mordicus!

Elles se lancent de petits rires complices, qui me font grincer des crocs.

– Si j'en juge son allure, ce chien doit être un bâtard? de poursuivre la ministre dans la même veine venimeuse.

Cette chipie me traite comme une vulgaire chaussette! À mon air, Marilou voit que je suis d'une humeur mordante!

Aussi, elle débarrasse vite sa patronne du bâtard que je suis. Puis, je les vois s'éloigner et se diriger vers le bassin aux poissons exotiques, bras dessus, bras dessous.

Moi, je suis sens dessus dessous. Mais, sans même me laisser le temps de retrouver mes sens, un des invités m'accoste:

– Oh! le joli toutou!

Ce gros monsieur se penche vers moi et continue de me parler en me postillonnant des morceaux de son chou à la crème sur le museau:

– Que tu es drôle, avec ton petit cou: on dirait un cormoran...

Mais ils sont fous, ces fonctionnaires! Je déplie les ailes et vole me cacher dans le coin le plus noir et le plus retiré de la cour. Pour ce faire, je dois passer sous une cordelette à laquelle un des employés a suspendu une pancarte.

Foi de Galoche. Je crois que je ne me suis jamais senti d'aussi mauvais poil!

J'essaie de me calmer. Grand philosophe que je suis, je me dis: «Galoche, ne fais pas le fou: tu as déjà assez de problèmes avec Marilou.»

Quelques *empattées* plus loin, je trébuche sur des fils et d'étranges bâtonnets à demi enfouis dans la terre. «Qu'est-ce que c'est encore que ces machins humains dans le seul coin tranquille de ma cour?!» Pris d'une colère humaine, je perds brusquement toute sagesse canine et me rue sur ces objets bizarres comme un taureau mis à mort sur le toréador. Oh! malheur! Quelques minutes plus tard, à bout de souffle, je me retrouve ficelé, tel un saucisson, par tous ces fils reliant entre eux de gros tubes métalliques. Je n'ai réussi qu'à les faire bouger, à en déterrer quelques-uns et à en repousser d'autres jusqu'à la clôture; mais, qu'à cela ne tienne, wouf! quel soulagement!

Il fait maintenant très noir et j'ai pu me dépêtrer.

– Galoche? Galoche?

Émilie me cherche. Et sa voix me fait craindre une catastrophe!

Sain et sauf, je quitte le champ de bataille et me précipite vers ma Douce, repassant sous la cordelette avec la pancarte.

– Ah! te voilà! Enfin...

Le visage d'Émilie se rembrunit brusquement.

– Mais que faisais-tu là? Tu aurais pu...

Un bruit strident nous écorche les oreilles et fait grimacer Émilie.

– Viens, Galoche!

Il y a urgence! Je le lis dans les jolies billes vertes de ma Douce. Oreilles et queue au vent, je la suis tandis que la voix de l'hôtesse de la fête nationale continue de retentir partout dans la cour.

Émilie longe le mur de la maison et va s'asseoir à côté de Fabien, dans la dernière rangée de chaises.

– Vite, grimpe!

Que se passe-t-il donc de si terrible?

Je saute sur ses genoux. Je suis les regards de Fabien et d'Émilie; je vois alors Marilou, montée sur une estrade, devant le bassin. Elle baigne dans une lumière blanche et tient un micro. Son petit discours aux invités achève.

– Et maintenant, madame la ministre, mes bien chers collègues et amis, comme toute fête nationale qui se respecte, voici l'apogée de notre petite fête intime qui, je l'espère, vous aura plu. Alors... que le spectacle commence!

Autour de moi, les invités applaudissent. Puis, tous gardent le silence. Je les trouve étranges, ces gens. Avec leurs yeux sortis des orbites, ils ont l'air d'un rassemblement de grosses grenouilles qui scrutent le ciel noir droit devant elles.

– N'aie pas peur, Galoche!

Émilie place ses deux mains sur mes oreilles.

POW! Je sursaute sur le ventre de ma Douce. POW! POW! POW!

Misère à poil! Est-ce la fin du monde humain?

Le ciel s'illumine de centaines d'étoiles qui éclatent et retombent en forme de parapluie. Les invités tapent maintenant des mains comme de vrais pingouins fous, fous, fous. La pétarade d'étoiles se poursuit un bon moment, accompagnée de hurlements de joie:

– Hourra! Bravo! Génial! Wooooow!...

Puis, brusquement, tous les invités redeviennent de grosses grenouilles silencieuses, les yeux rivés au ciel.

– Oh! oh! lance Fabien, se levant brusquement. Je crois qu'il y a un problème!

Pourtant, moi, Galoche, je trouve ça magnifique, toutes ces étoiles, de toutes les couleurs, qui explosent comme des grains de maïs soufflé au-dessus...

... DE LA MAISON DES MELOCHE!

... DU GARAGE DU VOISIN!

... DES ARBRES DE LA RUE VOISINE!

– Les pétards partent dans toutes les directions, Émilie! ajoute Fabien, l'air catastrophé.

J'ai les oreilles qui frissonnent sous les décibels, mais quel spectacle! Pour mon premier feu d'artifice, je suis totalement émerveillé. Tout le quartier est illuminé. Chapeau à Marilou!

Mais les invités de la sous-ministre n'ont pas l'air d'apprécier autant que moi le spectacle: ils commencent tous à courir se cacher dans leurs voitures.

– Galoche, qu'as-tu fait? crie Émilie, catastrophée, en enlevant ses mains de mes oreilles.

À côté de nous, Fabien regarde Émilie avec de grands yeux. Puis, il les pose sur moi alors que ma Douce poursuit:

– Galoche, où as-tu encore été mettre ton gros nez? Tu n'avais pas le droit d'aller dans ce coin de la cour, derrière la pancarte...

Je n'écoute pas vraiment Émilie: je suis trop excité. Pourquoi donc les invités se sauvent-ils ainsi? Et ces voisins qui s'amènent en trombe, les bras au ciel, ils n'ont pas été invités, il me semble?

POW! POW! POW!

Quelle féerie! Mais, sans les mains d'Émilie pour me protéger, j'ai maintenant les tympans qui vibrent comme des feuilles dans une tempête. J'ai mal. Très mal. Bientôt, je vais voir d'autres étoiles que celles qui sillonnent le ciel dans tous les sens...

Émilie se précipite vers la maison, en me cachant de ses bras. Je voudrais bien voir le spectacle, moi! J'ai tout juste le temps d'entendre Fabien lancer à mon Émilie:

– Va le cacher dans le salon!

Me cacher, moi?

Tiens! Des bruits de sirène s'ajoutent au vacarme que fait le feu d'artifice.

– Galoche, tête de linotte! me sermonne Émilie. Tu aurais pu te brûler vif!

Par la fenêtre du salon, je vois de gros camions rouges avec des échelles freiner brusquement dans la rue. Les paroles de ma Douce allument au fond de mon esprit une petite lumière, qui grossit, grossit et grossit: non! Ce n'est pas vrai? Les trucs à demi enfouis dans la terre et sur lesquels j'ai évacué mon trop-plein de colère, étaient-ce les pétards du...

WAFFF! La tête va m'exploser!

W-ouf! Il y a finalement eu plus de peur que de mal!

Sauf pour Marilou, bien entendu... Sa grande soirée a fait le tour du petit coin de planète qui célébrait sa fête nationale ce jour-là. On en a parlé partout, même dans les journaux! Mais peut-être pas comme la sous-ministre l'aurait souhaité. Émilie m'a lu quelques savoureux extraits de ces articles, dont ces deux passages que j'ai encore bien frais à ma mémoire:

«Une sous-ministre impressionne sa nouvelle ministre avec un feu d'artifice haut en couleur... qui a failli faire brûler tout un quartier!»

Et:

«Parade... et grande pétarade chez une sous-ministre!»

Non, la presse n'a pas été plus tendre pour Marilou que cette dernière ne l'est pour moi...

Fabien et mon Émilie, par ailleurs, ont été des cœurs: ils n'ont jamais dit mot de mon passage en terrain «miné». Heureusement, sinon Marilou aurait été dans une colère terrible. Et, comme disent les humains, si ma Douce et son père m'avaient dénoncé, mon chien était mort!

Cette fameuse soirée d'horreur en préparait une autre qui allait aussi me valoir bien des cauchemars : la soirée de l'Halloween !

Octobre

Dimanche	Lundi	Mardi	Mercredi	Jeudi	Vendredi	Samedi
19	20	21	22	23	24	25
26	27	28	29	30	**31**	

HORREUR... ET DÉSHONNEUR!

Rien de plus « inhumain » que les humains à l'Halloween...

Les Meloche ne font pas exception. La seule vue d'une citrouille semble les rendre complètement fous. Si bien que je suis mort de trouille dès que je vois apparaître ces grosses citrouilles aux yeux monstrueux ici et là dans le décor automnal.

Cette année, j'ai décidé de passer mon tour, au lieu de passer l'Halloween!

Voilà pourquoi, en cette fin d'après-midi du 31 octobre, je suis caché entre la sécheuse et la laveuse; j'y suis affalé depuis un bon moment, au milieu de chandails, de chaussettes et de caleçons qui ont glissé entre les deux appareils au fil des ans. Un vrai caméléon !

Et je n'entends toujours aucun bruit suspect.

«Bravo, Galoche ! L'heure H est presque passée !»

Sous peu, les membres de la famille devraient tous être partis : Éloïse à sa soirée costumée ; Fabien, Sébastien et mon Émilie à la chasse aux bonbons. Quant à Marilou, elle ne se pointera que très tard en soirée, comme elle le fait chaque Halloween, et presque chaque soir de l'année !

Soudain, un léger froissement me fait pointer l'oreille gauche. Puis, le silence. Le bout de mes moustaches se met à picoter : je crains un danger imminent.

Je ne bouge pas, ne respire plus : une tombe !

– AH ! AAAAAH !

Je frémis d'horreur. La tête blanche tout échevelée d'un vieux bonhomme vient brusquement d'apparaître devant mes yeux. Ce maniaque hurle et danse comme un fou furieux.

– Yayayaaa! Je t'ai enfin trouvé, mon gros! lance d'un air victorieux l'horrible grincheux, les yeux sortis des orbites.

Catastrophe! Monsieur-je-sais-tout!

– Moi, le grand Einstein, j'ai besoin d'un cobaye comme toi.

Mes neurones explosent: je sors de mon trou comme une... bombe!

Trop tard! Le débile vieillard au grand sarrau blanc m'attrape en plein vol comme un ballon de football. Il me tient maintenant à bout de bras et me lance d'un air démoniaque, avec un petit rire:

– E égale MC au carré!

Misère à poil! Sébas est vraiment devenu fou!

– HA, HA, HA! Ta petite caboche de chien-chien ne peut pas comprendre cette belle formule mathématique, hein? Mais tu peux servir la science autrement... HA, HA, HA!

Foi de Galoche, sans cette odeur de petite peste qui colle à Sébastien, jamais je n'aurais pu le reconnaître: quel costume! Et quel maquillage! Éloïse s'est encore surpassée!

La sœur d'Émilie, la grande diva, met chaque année à profit ses études en théâtre: elle réussit des déguisements époustouflants et des maquillages tous plus horribles les uns que les autres. Comme celui de ce Einstein de malheur...

– HA, HA, HA! Je vais te faire vivre la plus grande expérience de ta pauvre vie de chien, cher cobaye!

Ah non: il ne va pas encore me faire le coup de la cuvette!

Les mains d'Einstein me tiennent fermement au-dessus d'une montagne de bulles qui éclatent sans arrêt. Lentement – très lentement – les mains du fou me rapprochent du bain moussant: quelle torture! Je gigote de terreur comme un pauvre ver de terre dans sa descente inéluctable vers le poisson... Brrr! j'ai les crocs qui claquent!

Au moment même où je sens cet immense bouillon de bulles en pleine explosion me refroidir les coussinets, une voix caverneuse se fait entendre.

– Cesse tes folies immédiatement, Einstein!

Le savant fou fait demi-tour et je me retrouve museau à museau avec un... gorille! Sur le coup, mon cœur se transforme en un yoyo: impossible de l'arrêter.

– Mais il n'a pas pris son bain depuis des mois! proteste Einstein.

– Tête dure! réplique la voix grave. Combien de fois faudra-t-il te dire que c'est Émilie qui s'occupe du bain de Galoche?

W-ouf! C'est Fabien!

Ayant reconnu la voix du père d'Émilie, je calme vite mon yoyo de cœur et recommence à respirer.

La colère du gorille, elle, continue de s'abattre sur Einstein.

– Tête de linotte! On t'attendait, pendant tout ce temps!

La vie humaine a parfois ses bons moments, même le jour de l'Halloween: Sébastien était sur le point de me plonger dans un bain de mousse, et c'est lui qui reçoit une vraie douche froide...

AÏE! Deux énormes mains poilues viennent de m'agripper.

– Et toi, misérable, où étais-tu caché? Quelqu'un te cherche désespérément. Elle a une grande surprise pour toi.

C'est bien le problème, avec les Meloche : une grande surprise n'attend pas l'autre !

Dans les bras du gros singe Fabien, je monte vers le rez-de-chaussée en me disant que le bain de mousse aurait peut-être été préférable à ce qui m'attend là-haut en ce début de soirée d'Halloween.

Et je n'avais pas tort de penser ainsi, foi de Galoche !

La grande Éloïse est au boulot ; et moi, je suis sur les crocs !

Les pattes velues du gorille me tiennent solidement assis devant elle. La sœur aînée d'Émilie n'arrête pas de coller et d'agrafer d'étranges choses partout sur moi ; elle semble penser que j'ai un babillard à la place de la tête ! Elle peigne et peint chacun de mes poils. Puis, elle me huile et me pomponne à m'en faire éternuer.

– Booon chien! ne cesse de répéter le gros singe, dont j'entends les ricanements en sourdine à l'intérieur de sa tête immense.

Et pas d'Émilie pour me secourir! Elle se costume car, à l'Halloween, comme tous les humains, ma Douce adore avoir l'air «inhumaine».

– Tiens, mange! dit Fabien qui m'enfourne une tire Sainte-Catherine au fond du palais. Ça va t'aider à patienter.

Je suis au désespoir. J'ai déjà fait l'expérience de ce bonbon *halloweenien*: pire que de la gomme de sapin! J'en ai déjà les mâchoires tordues et les babines baveuses. Une autre horreur de cette fête!

Enfin, quelques mâchées plus tard, Éloïse dépose ses outils de torture. Elle s'éloigne, sans jamais me quitter des yeux. Puis, après un moment de silence, elle se met à claquer des mains et à sauter sur place en poussant de longs «Wooow!»

– Tu peux entrer, Frissellina! lance le gorille en relâchant son emprise sur moi. Frissellina?

– Viens chercher ton compagnon, ma vieille! ajoute Éloïse tandis que la porte s'ouvre derrière moi.

– Un vrai chef-d'œuvre! s'excite à son tour le gorille.

Je flaire de plus en plus la catastrophe. Mais est-ce possible que je sois encore plus ridicule que lors des deux dernières années? On m'avait transformé en Youppi et en R2-D2 pour faire la paire avec Émilie, déguisée en joueur de base-ball et en princesse Léa.

– Ha, haa, haaa!

Un rire épouvantable me propulse en bas de la chaise de torture. Je me retourne vivement; une vilaine sorcière s'amène vers moi.

– Ha, haa, haaa!

Son gros nez crochu est maintenant tout près de ma truffe. Effrayé par ce visage hideux, défiguré par une immense verrue sur le menton, je recule d'un bond et me mets vite en position d'urgence : les hanches et les pattes arrière repliées, prêt à bondir.

– Galoche, c'est moi, Émilie!

Frissellina, le gorille et la folle maquilleuse Éloïse éclatent de rire. Moi, Galoche, je suis humilié. Quel naïf je fais!

Que d'émotions en quelques instants!

– Galoche, tu es fantastique! s'exclame ma sorcière bien-aimée. Personne ne va te reconnaître. Éloïse, tu es géniale!

Je sens de nouveaux petits frissons se pointer à l'horizon. En quoi suis-je déguisé?

– Maintenant, mon beau Galoche, poursuit Frissellina en me prenant avec précaution entre ses doigts aux longs ongles noirs comme du charbon, tu dois t'exercer.

M'exercer! Mais à quoi donc?

Frissellina se dirige vers le grand miroir plaqué sur la porte de cette chambre de torture.

J'ai les nerfs à fleur de poil.

Au moment même où je me vois apparaître dans le miroir, ma sorcière lance:

– Répète après moi très fort: miaow!... Miaow!

Un éclair de désespoir me frappe en plein cœur. J'en ai la fourrure tout hérissée. Je suis foudroyé sur place.

Moi, Galoche, déguisé en chat noir! Quel déshonneur!

Je n'ai jamais été aussi humilié de toute ma vie de chien que ce soir-là!

Et Einstein, Monsieur-je-sais-tout, n'a pas manqué d'en remettre à chaque porte où on nous accueillait avec le chien de la maison.

– Non, ce n'est pas un vrai chat! s'empressait-il de dire. C'est Galoche, notre chien!

De quoi mourir de honte devant mes amis du quartier!

Ce petit manège malicieux a pris fin lorsque mon Émilie, ma grande amie, en a vraiment eu assez des taquineries de Sébastien: elle lui a flanqué de bons coups de balai sur les jambes.

– AÏE! Fabien! pleurnichait le savant fou en sautillant sur une jambe. Émilie m'a donné des coups de balai sur les tibias!

Dans son costume de gorille, le père d'Émilie ne pouvait voir ni entendre les coups de balai donnés par Frissellina; aussi a-t-il choisi de ne pas se mêler de la querelle. Einstein a dû s'abstenir de révéler ma vraie identité pour le reste de la tournée pour éviter de rentrer à quatre pattes. W-ouf!

Quelle dure soirée, tout de même!

Ma grande consolation fut de constater que la petite boîte que Frissellina avait pendue à mon cou était remplie à craquer de sous. Chaque année, je porte fièrement cette boîte destinée à recueillir des dons, car Émilie m'a expliqué qu'Unicef aide les enfants partout dans le monde.

Chez les Meloche, c'est plutôt moi qui ai besoin d'aide, foi de Galoche !

Et je n'avais encore rien vu. J'étais loin de me douter que Noël serait un jour aussi difficile que l'horrible Halloween...

Dimanche	Lundi	Mardi	Mercredi	Jeudi	Vendredi	Samedi
14	15	16	17	18	19	20
21	22	23	**24**	25	26	27

TOUT UN SAPIN... DE NOËL!

C'est la veille de Noël; le museau frémissant, je vogue allègrement sur la mer de cadeaux au pied du grand sapin tout illuminé.

– Vas-y, Galoche! Cherche! Cherche bien, mon beau!

À Noël, les Meloche s'offrent plein de cadeaux. Et il y a toujours un cadeau familial pour moi. Mais le plus beau d'entre tous les cadeaux, c'est cet immense sapin dans le coin du salon: quel parfum extraordinaire! Durant toute la période du temps des fêtes, j'ai l'impression de me promener en forêt.

De plus, quel cadeau sublime pour tout chien de voir les humains arborer enfin des mines réjouies au lieu de leur habituelle face de carême... Prends Marilou, par exemple : en ce moment même, alors que je m'efforce de trouver mon cadeau parmi tous les autres, la mère d'Émilie a un sourire si angélique, foi de Galoche, que Fabien pourrait accrocher sa Chérie au sommet du sapin à la place de l'ange qui y trône déjà.

– Voyons, Galoche, s'amuse la sous-ministre, notre Sherlock Holmes aurait-il perdu son pif légendaire ?

La mère d'Émilie fait référence à mon premier Noël chez les Meloche, alors que, jeune chiot, j'avais trouvé et déballé mon cadeau bien avant la veille de Noël. Toute la famille avait bien ri, allant jusqu'à parler d'exploit. Et, depuis, la tradition veut, chez les Meloche, que Galoche répète ce petit tour de magie canine pour commencer la séance officielle du déballage de cadeaux.

– Grouille, le gros! Grouille! maugrée Monsieur-je-sais-tout, reléguant vite aux oubliettes le bel esprit du temps des fêtes. Je veux ouvrir mes cadeaux, moi!

Misère à poil! Avec le nombre incroyable de paquets qu'il y a cette année, je ne sens plus rien, moi!

– Vas-y, mon beau! renchérit Émilie, tout en douceur. Cherche!

Mais le beau a beau renifler, et renifler, et renifler...

Soudain... ahhh! Quel soulagement! Je viens de détecter une toute petite odeur familière: celle du parfum de l'orange. Hum! cette boîte rectangulaire, si joliment emballée, m'inspire grandement... Ça y est! J'ai trouvé: des chocolats à l'orange, mes préférés!

Émilie est l'instigatrice de ce merveilleux cadeau, bien sûr. Qui d'autre connaît mon faible pour les chocolats à l'orange? Et comme je suis un chien très sensible aux valeurs d'amitié et de partage liées au temps des fêtes, je décide sur-le-champ de rendre toute la famille heureuse : avec la férocité d'une panthère, j'attrape le cadeau d'un coup de gueule. Puis, je me consacre corps et crocs à l'ouvrir, ce qui les fait bien rigoler. Plus que jamais, me semble-t-il! Des cris fusent devant ma hardiesse à déchiqueter la boîte. Je leur donne tout un spectacle!

— Galoche! hurle Fabien, qui a certainement été le complice de mon Émilie pour emballer aussi magnifiquement mes chocolats à l'orange. ARRÊTE!

AÏE! J'ai brusquement mal jusqu'à la racine de mes crocs. Ouille! Depuis quand les humains mettent-ils des chocolats à l'orange sous verre?

Hébété, le cadeau accroché à mes babines, je vois le père d'Émilie se précipiter sur moi et m'arracher la boîte de la gueule en gémissant :

– Mon parfum de fleurs d'oranger pour Marilou!

– Ouache! s'écrie Monsieur-je-sais-tout, qui a suivi son père et qui sort de la boîte un mignon flacon dégoulinant. Galoche l'a percé, le gros bêta! Il en a plein la gueule!

Chacun y va de son petit coup de griffe à mon endroit. Pourtant, les sarcasmes des Meloche me coulent sur l'échine comme sur le dos d'un canard. Je me sens tout à coup loin, loin, loin! Qu'est-ce qui se passe?

Moi, Galoche, je suis dans les vapes... d'oranger!

Les cloches ont sonné.

– Vite! On va être en retard!

– On baisse le chauffage?

– Non! Viens-t'en, Fabien!

«W-ouf! Sauvé par les cloches!» que je me dis lorsque les Meloche partent pour la messe de minuit en catastrophe,

123

en nous laissant en plan, moi – le cabochon – et le flacon.

– Marilou doit lire un texte à l'église! me confie Émilie avant d'aller rejoindre sa famille à toute vitesse dans la voiture.

Depuis leur départ précipité, je me demande bien quel texte la mère d'Émilie peut lire aux gens durant une messe de minuit: un de ses fameux rapports, peut-être? Je m'amuse aussitôt à imaginer une église bondée, ronflant et grinçant des dents...

Je me réjouis également de la possibilité que Marilou lise un de ses rapports, ce qui retardera de beaucoup leur retour et me permettra de me refaire une santé psychologique après la gaffe qui a failli me coûter très cher. Heureusement, mon Émilie était là pour me défendre:

– Galoche a senti l'orange. Je lui donne souvent des chocolats à l'orange. Il en raffole. Il a pensé que je lui en donnais de nouveau. Ce n'est pas de sa faute !

Pour ma Douce, il n'était pas question de me punir. Surtout pas la veille de Noël !

Grâce aux bons mots que Fabien a ajoutés, tout est finalement rentré dans l'ordre melochien. Cependant, à cause de ce petit imprévu, la famille n'a pas pu développer ses cadeaux avant de quitter.

Le mien est toujours sous l'arbre, d'ailleurs ! Et je commence à avoir l'estomac dans les coussinets. Une idée à la fois horrible et géniale surgit du fond de ma pensée – et de ma panse ! Je recevrai sûrement un biscuit ou des chocolats. Émilie sait à quel point cela me fait plaisir. Comme j'ai une faim d'humain, pourquoi attendre ? Marilou n'en finira plus de lire son rapport. J'ai le temps de crever de faim, moi. Après tout, c'est Noël !

La chasse aux cadeaux est aussitôt rouverte. Je me précipite au salon.

À peine quelques scintillements de lumières de Noël plus tard, ma truffe est en pleine excitation et mon ventre, tout en émoi. Mon museau trie sur le volet les cadeaux, se méfiant de tout parfum de fruit. Chien échaudé craint l'eau froide! Mon ardeur à la délinquance est rapidement récompensée, car une bonne odeur de farine vient faire frémir ma narine gauche. Puis, c'est l'hystérie générale dans mon grand appareil nasal.

Un biscuit aux pépites de chocolat, je le sens! Et aucun parfum d'orange ou de fruit dans ce paquet, j'en mettrais ma patte au feu!

Du bout des crocs, je retire aussitôt le mince paquet caché sous quelques cadeaux. Puis, je l'ouvre et je vois apparaître peu à peu les deux plus gros biscuits à la farine d'avoine et aux pépites de chocolat du monde! Génial!

Ah! je le savais! Je le flairais! Je le sentais!... Merci, les Meloche! Je ne vous oublierai jamais!

L'instant d'après, je réveillonne au pied de l'arbre sous l'éclairage féerique des boules de Noël qui brillent de tous leurs feux, illuminées par des centaines de lumières multicolores, sous la protection du petit ange au sourire radieux qui trône au sommet du grand sapin.

Moi, Galoche, je suis au septième ciel... et déjà à ma septième bouchée!

Quand vont-ils donc revenir de la messe de minuit, les Meloche?

Je commence à m'impatienter drôlement et à croire que la mère d'Émilie leur a lu tous ses rapports de l'année.

C'est que j'ai SOIF, moi!

J'ai la gorge tout asséchée. D'abord, il y a cette chaleur très intense que Marilou maintient dans la maison tout l'hiver – il n'y a pas plus froide et frileuse que Marilou! Ensuite, il y a ces deux énormes biscuits que j'ai dévorés. Bref, j'ai un urgent besoin de boire. Et, comble de malheur, avec tout ce remue-ménage de la veille de Noël, mon Émilie a tout simplement oublié de remplir mon bol d'eau. J'en suis à me traîner les pattes, langue pendue et haletant, dans cette maison au climat quasi tropical. Je sens que je vais défaillir si je ne...

Le sapin!

Décidément, je suis une super-caboche! Tout heureux, je ne fais ni une ni deux et cours vite sous le majestueux arbre pour m'abreuver à même son piédestal.

Pouah! C'est l'eau la plus visqueuse que j'aie bu de ma vie!

Je fais demi-tour. Et comme une horreur n'attend pas l'autre cette année, en me retirant de sous le sapin, je sens ma fourrure se hérisser sur mon dos comme si une main fantôme m'agrippait. Sous l'emprise de la panique, je fonce droit devant pour me libérer.

Catastrophe!

La plus grosse branche du bas, toute gluante de gomme de sapin, reste bien collée à mes poils. Je poursuis quand même ma course. Derrière moi s'élève soudain un bruit sourd. Un froissement. Un grondement. Je me retourne et lève la tête instinctivement: UN ANGE TOMBE DU CIEL! Celui juché au sommet du grand sapin.

IVG!

J'accélère. Sur le plancher de bois franc, l'ombre du sapin est à mes trousses. Un fracas incroyable se produit: des tonnes de boules s'écrasent au sol. Le haut de l'arbre est tombé juste derrière moi. «À un poil près, j'étais mort!» que je ne cesse de répéter, toujours sous le choc, convaincu d'avoir sauvé ma fourrure in extremis.

Tout à coup, un autre genre de bruit, qui provient du vestibule, me transforme en un petit Jésus de plâtre.

Les Meloche!

– Hi, hi, hi!

Un rire me fait sursauter. Je me retourne: le petit Jésus de plâtre que je suis devient un petit Jésus de glace!

– Hi, hi, hi! T'as la frousse de ta vie, mon gros? Hi, hi, hi!

Je vois maintenant très bien l'ange qui s'est détaché du bout de l'arbre tombé par terre. Avec stupeur, je reconnais cet air moqueur.

– Ah non! Pas toi!

Cupidon est mort de rire. Moi, je rêve de lui faire sauter les ailes, l'arc et les fléchettes.

Plus les pas venant du corridor se rapprochent, plus je fige en reconnaissant la démarche de Marilou.

– Là, mon gros, me nargue Cupidon, éclatant de rire de nouveau, je te prédis une descente aux enfers. Hi, hi, hi! Ton chien est mort!

Et le petit sacripant n'avait pas tort...

UNE VRAIE ANNÉE... DE GALOCHE!

Eh oui! Ce petit sacripant de Cupidon avait raison, une fois de plus: je suis bel et bien descendu aux enfers, soit au sous-sol. Je dois y passer la nuit de Noël.

Rouge comme un père Noël, les yeux clignotant de fureur, Marilou a regardé le désastre dans le salon et a crié:

– Galoche! Qu'est-ce que tu as encore fait?

Les poils drus comme des épines de sapin sur tout le corps, j'ai attendu la sentence. Elle n'a pas tardé.

– Au sous-sol, vieille sacoche de tête de pioche de grosse cloche!

Cette fois, ni Émilie ni Fabien n'ont pu m'éviter de purger ma peine sous-ministérielle : la Marilou est restée intraitable. N'avais-je pourtant pas été assez éprouvé tout au long de l'année sans vivre en plus pareil cauchemar à Noël ?

Puis, je me suis calmé et j'ai réfléchi. Je me suis même consolé. Couché sur un vieux divan dans un coin de mon humide prison de béton armé, j'ai peu à peu réalisé que l'année ne s'est pas si mal passée. En définitive, jamais je ne me suis ennuyé. Et jamais non plus mon Émilie ne m'a laissé seul aux prises avec les Meloche. Sans compter que Fabien, ce bon et gros barbu – presque mon propre père – est lui aussi souvent venu à ma rescousse.

Et je suis encore là, sur le divan, à me remonter le moral quand j'entends la porte du haut s'ouvrir. Un instant, je crains le retour en force, et en colère, de Marilou. Mais non : c'est ma Douce.

– Galoche, où es-tu ?

Émilie vient vers moi, en pyjama, un grand sac dans les bras.

– Ah ! te voilà, mon beau !

Elle déploie son sac de couchage sur le divan et s'y glisse.

– Viens me voir ! Tu ne pensais quand même pas que j'allais t'abandonner la nuit de Noël ?

Je me blottis vite près d'elle.

Une voix retentit, venant du rez-de-chaussée.

– Émilie, remonte ! Sinon, pas de tourtière ! Et pas de bûche !

Ma Douce ne bouge pas d'un poil. Moi non plus. Elle me chuchote alors à l'oreille :

– Joyeux Noël !

La porte claque.

Je me serre encore un peu plus fort contre elle.

Puis-je demander à un humain plus beau cadeau de Noël?

À bien y penser, je n'aurais pas dû utiliser l'affreuse expression *Une vraie année... de chien!* pour le titre de mon livre. Car, en somme, cette année n'a été qu'une autre année très mouvementée, c'est vrai, mais normale lorsque signée Galoche!

À toi qui me lis, et à toute ta famille, je souhaite...

Bonne année!

Bonne Saint-Valentin!

Bonne fête des Pères!

Bonne fête nationale!

Bonne Halloween!

Et un très joyeux Noël!...

– Et beaucoup d'amour! Hi, hi, hi!...

– Ah! toi, Cupidon...

DÉJÀ PARUS

Galoche
chez les Meloche
(nº 1)

Galoche
en a plein les pattes
(nº 2)

Galoche
supercaboche
(BD nº 1)